सराये-मौला

मुईन निज़ामी

सराये-मौला

शेख़ अबुल हसन ख़रक़ानी के मुंतख़ब मलफ़ूज़ात की
मनज़ूम उर्दू तर्जुमानी

मुईन निज़ामी

Anybook

पहला संस्करण : सितम्बर २०१९

ISBN : "978-93-86619-38-9"

प्रकाशन Anybook

G - 248, 2nd Floor Sector - 63

Noida - 201301

Cell : 9971698930

E-mail : contactanybook@gmail.com

Website www.anybook.org

सराये-मौला : मुईन निज़ामी

SARAAYE - MAULA : Versified Rendereing of Shaikh Abul Hasan Kharaqani`s (d. 1033) selected discourses, by Moeen Nizami (b.1965), Lahore - Pakistan

आवरण चित्र : Morpankh Arts

पुस्तक सज्जा : Anybook

Contact : 00923214990063

Mail Id : moeennizami@yahoo.com

हज़रत शाह ऐन-उल-हैदर क़लंदर अल्वी
ज़ेबे-सज्जादा :
दरगाहे-काज़मिया क़लंदरिया, काकोरी/लखनऊ
के नाम

फ़ेहरिस्त

ख़िरक़ा ए ख़रक़ानी

कुछ सूफ़ियों के अहवालो-अक़वाल अपने ख़ास रंगो-आहंग और मुतनव्वे मानवी जिहात के सबब से मेरे लिये हमेशा से बेपनाह कशिश और तसकीने-ज़ौक़ का बाइस चले आते हैं और उनके मुकर्रर मुताले से कभी जी नहीं भरता। हज़रत बायज़ीद बस्तामी, शैख़ अबुल हसन ख़रक़ानी, हज़रत अबू सईद अबुल ख़ैर, शैख़ अहमद ग़ज़ाली ,हज़रत शम्स तबरेज़ी, मौलाना जलालुद्दीन रूमी और शैख़े-अकबर मुहीयुद्दीन इब्ने-अरबी इन्हीं मशायख़ में से हैं।

इन अजायबे-रोज़गार शख़सियात में शैख़ अबुलहसन ख़रक़ानी (352/963-425/1033) बहत नुमायाँ और ग़ैर-मामूली अहमियत के हामिल हैं । वो मारूफ़ मानों में नाख़्वांदा थे मगर उनके क़ल्बो-नज़र उलूमो-मआरिफ़ का ज़िंदा रूद थे। वो ऐसा सरचशमा-ए-फ़ैज़ान थे जिन से उस अहद के अकाबिर दानिशवर और सूफ़िया भी बसद ख़्वाहिशो-इफ़्तेख़ार इक्तिसाबे-अनवार किया करते थे। बाद के ज़मानों में भी उनकी शख़्सियत और फ़िक्र से मुतास्सिर होने वाले मशाहीर की तादाद कम नहीं है। तसव्वुफ़ की शायद ही कोई अहम या उसूली या सवानही किताब उनके ज़िक्रे-जमील से ख़ाली हो।

हज़रत ख़रक़ानी के मलफ़ूज़ात में शिद्दते-जज़्बा-ओ-इख़लास, वफ़ूरे-कैफ़ो-मस्ती, सादगी-ए-ज़बानो-बयान और सराहते-लहजा-ओ-इब्लाग़ के साथ-साथ कहीं-कहीं बहुत पुरलुत्फ़ रम्ज़ी-ओ-अलामती पैराया-ए-इज़हार भी मिलता है जो उनके नसरी अक़वाल को क़लमरो-ए-शेर में लिए चला जाता है। इंसान दोस्ती, ख़िदमते-ख़ल्क़, वुसअते-मशरब, माद्दियत गुरेज़ी, सैरे-समावात, सरगुज़िश्ते-मुकाशिफ़ात और हुब्बे-इलाही उनके नुमायाँ मौज़ूआत हैं। इनके हाँ ख़ुदा से मुकालेमाती नौइयत की असर-अंगेज़ मुनाजातें मिलती हैं जिनमें से बाज़ की बेतकुल्लुफ़ाना फ़ज़ा ऐसी सहर-आफ़रीं है जिसकी हमारे दीनी-ओ-

इर्फ़ानी अदब में कोई नज़ीर नहीं मिलती।

16 जनवरी 2018 को मैंने एक अज़ीज़ दोस्त जनाब हसीब अहमद महबूबी की एक इत्तिफ़ाकी फ़रमाइश की तामील में हज़रत ख़रक़ानी के एक क़ौल की आजिलाना सी नसरी तर्जुमानी की जो कुछ ही देर बाद किसी ख़ारजी तहरीक के बग़ैर मनज़ूम तर्जुमानी में ढल गई। इस मुख़्तलिफ़ुन्नो-ज़ौक़ी कैफ़ियत ने मुझे चार-पाँच रोज़ मुकम्मल तौर पर अपने हिसार में लिए रखा। "सराये-मौला " इसी मश्क़े-मुहब्बतो-अक़ीदत का हासिल है। मंजूम तर्जुमानी किये जाने वाले तमाम अक़्वाल "नविश्ता बर दरिया"(मुरत्तिबा मुहम्मद रज़ा शफ़ीई कदकनी, इंतशाराते-सुख़न, तेहरान -1384 शम्सी) से लिये गये हैं इनके हवालाजाती कवायफ़ दर्ज करने से अमदन एहतराज़ किया गया है कि मजमूआ-ए-शौक़ तहक़ीक़ी लवाज़मे की गिराँबारी का मुहतमिल नहीं हो सकता था ।

सिवाए एक ग़ज़ल और एक मसनवी के, ये तर्जुमानी आज़ाद नज़्म की हैयत में है । तर्जुमानी में ये इल्तेज़ाम रखा गया है के मत्न से क़रीब तर ही रहे। इक्का-दुक्का मक़ामात पर बहुत मजबूरी की हालत में कुछ हज़फ़ो-इज़ाफ़ा भी करना पड़ा। ग़ज़लो-मस्नवी में ये ज़रूरत ज़्यादा पेश आई है।

किताब के देवनागरी एडीशन के लिये Anybook, नई दिल्ली के जनाब पराग अग्रवाल साहब की दिलचस्पी और तवज्जो का शुक्र गुज़ार हूँ। बिरादरे-अज़ीज़ साहबज़ादा हसन नवाज़ शाह साहब- नड़ाली, गुजर खान, पाकिस्तान - ने इस सिल्सिले में हमेशा की तरह बहुत ज़ेहमत की, उनका भी दिली शुक्रिया अदा करता हूँ।

मुईन निज़ामी

नज़्में

○

अबुलहसन की सराय
सराय मौला है
सदा खुला ही रहे उसका सद्र दरवाज़ा
न क़ैदे-वक़्त हो कोई, न शर्ते-मौसम हो
न इम्तियाज़े-मज़ाहिब, न इख़्तिसासे-नसब
न इख़्तिलाफ़े-तरीक़ा, न इत्तिहादे-रविश
कोई मुसाफ़िरे-ख़स्ता, कोई हक़ीर फ़क़ीर
हदूदे-खा़नक़ही में न अजनबी ठहरे
कि मेहमान हमारा, ख़ुदा का महमाँ है
वो इस तरफ़ को चला आया, उसका एहसां है
न पूछियेगा के वो कौन है
कहां से है
न देखियेगा अक़ीदा
न जांचियेगा अमल
जो माहज़र भी मयस्सर हो, पेश कीजियेगा
ख़ुदा ने जान अता की है जिस भी इंसाँ को
अबुलहसन को ये ज़ेबा नहीं
ख़ुदा की क़सम
कि उस वजूदे-मुबारक से, अपने आँगन में
नमक दरेग़ रखे
नान भी न पेश करे

अबुलहसन ने किसी शब नमाज़ पढ़ते हुए
निदा-ए-ख़ास सुनी ये जहाने-ग़ैबी से:
"अबुलहसन, मैं बता दूं तमाम लोगों को
तिरी हक़ीक़ते बातिन
जो मुझ पे रौशन है
दिखाऊं सबको वो चेहरा तिरा जो असली है ?
कि लोग तुझको सरे-आम संगसार करें "
अबुलहसन ने बसद लुत्फ़ो कैफ़ अर्ज़ किया :
"तिरी तरफ़ से इजाज़त मिले अगर मुझको
तो आज मैं भी बता दूं तमाम लोगों को
तिरी हक़ीक़ते-रहमत
तिरा वफ़ूरे-करम ?
कि लोग क़ैदे-इबादात से निकल भागें
कोई भी रू-ए-ज़मीं पर न सर ब सजदा हो
जज़ा सज़ा का ये झंझट भी सर से टल जाए "
जवाब आया कि दोनों ही रहने देते हैं

खौफ़ो-ख़तर का तारी रहना
शहरों की बर्बादी है
दिल की यही आबादी है

•

अगर तुर्क आबाद से शाम की सरज़मीं तक
कहीं भी कोई दिल
किसी रंजो-अंदोह में मुब्तला है
तो मुमकिन नहीं है
कि मैं बुलहसन
इस अज़ीयत-ज़दा दिल से कट कर रहूंगा
वो दिल है मिरा दिल
वो ग़म है मिरा ग़म
मैं इस रंजो-अंदोह में
सर से पांव तलक मुब्तला हूँ
अगर बंदा-ए-सादिक़े-किब्रिया हूँ

•

अबुलहसन में समाई है दो जहानों की
ये अम्र मानते हैं सारे मानने वाले
अबुलहसन में समाता नहीं है एक ही शख़्स
अबुलहसन जिसे कहते हैं जानने वाले

●

मैं अक्सर सोचता हूँ
चार दिन की ज़िन्दगानी में
किसी के काम आ सकता
मैं कोई काम कर जाता
ख़ुदा के सारे बंदे ज़िंदा रहते
उनके बदले में
अकेला मैं ही मर जाता
ख़ुदा के सारे बंदे
जन्नतुल फ़िरदौस में जाते
अकेला मैं जहन्नम से निबट लेता
मैं उसका लुक़्मा बन जाता
तो उसका पेट भर जाता

●

हैरत एक परिंदा
दाना चुगने घर से निकला
दाना हाथ न आया
घर का रस्ता भूल गया वो
हैरत एक परिंदा

अबुलहसन से ख़ुदा ने कहा :
"मिरे बंदे
हर एक चीज़ तुम्हारे लिए है, तुम ले लो
मगर मक़ामे-ख़ुदाई नहीं तुम्हारे लिए "
अबुलहसन ने उसी वक़्त दस्त बस्ता कहा :
"अबुलहसन तो ख़ुदाई का नाम भी न सुने
कुजा के ऐसी मुसीबत को ख़ुद क़ुबूल करे "
और इसके साथ ही ये इल्तिजा भी की उसने :
"ये लेन देन बातें कहाँ से आई हैं ?
हमारे बीच में इनका कोई जवाज़ नहीं
ये कारोबार किसी और ही से कीजेगा"

कई अहले-इल्म ऐसे देखे हैं मेंने
जो तफ़सीरे-क़ुरआन में मुनहमिक थे
मगर जो जवां मर्द थे
सारे अपनी ही तफ़सीर में ग़ोताज़न थे

ख़ुदा-ए-पाक ने
कल नीम शब को हुजरे में
जहाँ मैं जाग रहा था, बहुत सुरूर में था
जहाँ वजूदो-अदम के तसव्वुरात न थे
जहाँ सुकूते-हुज़ूरी था
और बेहद था
ख़ुदा-ए-पाक ने उस हुजरा-ए-मुहब्बत में
सजा के भेज दी जन्नत अबुलहसन के लिए
ख़ुदा के फ़ज़्लो-करम ने मुझे हिदायत दी
सो मैंने साफ़ कहा :
" इससे मुझको क्या लेना
नहीं मैं तालिबे-जन्नत
मैं तेरा तालिब हूँ"

ज़मीनी रास्तों पर चलने वालों के
क़दम पुरआबला होकर
बहुत तकलीफ़ देते हैं
मगर हर आबला
अपनी जगह मोहरे-शहादत है
सफ़र हो आसमानों का
तो दिल पर छाले पड़ते हैं

हर एक चीज़ पे मुमकिन है कुछ न कुछ लिखना
बस एक पानी है
जिस पर लिखा नहीं जाता
समुंदरों से जो गुज़रो
तो उनकी मौजों पर
दिलो-जिगर के लहू से वो नाम लिख जाना
पयाम लिख जाना
कि जो भी बाद में गुज़रें
उन्हें पता तो चले
के इश्क़ इधर से भी गुज़रा है अपनी मस्ती में
कि दिलजलों के निशानात
ऐसे होते हैं

फूलों वाला पौदा था मैं
रंग और ख़ुश्बू सारा
आग लगी इक ऐसी मुझको
राख हूँ अब दुखियारा

अबुलहसन की जिल्द से ढंके हुए बदन में
एक चश्मा है
कि जिसकी नीली वुसअतों के सामने
समुंदरों की वुसअतें हक़ीर हैं
हवा-ए-लुत्फ़े हक़
जब उसकी वुसअतों पे चलती है
तो दोस्ती के बादलों के जमघटे में
अर्शो-फ़र्श पर
मुहब्बतों की बारिशें बरसती हैं
ये इश्क़ है

ख़्वाब में मैंने चाँद को देखा
बैठे थे हम दोनों
मिल कर हमने बातें की थीं
तरह तरह की बातें
तैराकी भी उसने की थी
मेंने उसका साथ दिया था
ख़्वाब में मैंने चाँद को देखा

वक़्त के समुंदर में
मेरा पाँव पड़ते ही
आग लग गयी जैसे
आग के समुंदर को
मैंने इस तरह थामा
एक हाथ नीचे था
एक हाथ ऊपर था
फिर मैं उसमें जा उतरा
जिस तरह उतरते हैं
बात सुनने वाले में
और ख़ुदा-ए-वाहिद में
परदे उठ चुके होंगे
तो ये बात सुन कर वो
बिल-यक़ीन देखेगा
दो जहाँ लरज़ते हैं
है ज़मीन में राशा
आसमां लरज़ते हैं

पहली तौबा है जुर्मो-इसयाँ से
दूसरी ह गुरूरे-ताअत से
तीसरी है ख़ुमारे-ईमाँ से

चला जा रहा था मैं इक रोज़
कांधे पे पानी का मटका उठाये
अचानक मिरे दिल को कुछ हो गया
जाने क्या था
कोई ज़र्द आलूबुख़ारा गले में फंसा था
जिसे मैंने मुश्किल से बाहर निकला
तो फ़रहत हुई थी
हवा से कोई दूधिया सा परिंदा
ब-तअजील उतरा
और उस ज़र्द आलूबुख़ारे को मिनक़ार में रख के
इस दर्जा सुरअत से ग़ायब हुवा
जैसे था ही नहीं
बुलहसन ने कई साल के बाद
इक रोज़ अचानक ख़ुदा से ये पूछा :
कि उस ज़र्द आलूबुख़ारे के बारे में इर्शाद हो
तो ख़ुदा ने कहा :
"वो तिरी आरज़ू थी
वो ख़्वाहिश थी तेरी, वो तेरी तलब थी"

मेंने देख रक्खा है
एक वक़्त ऐसा भी
मुझ पे रोते रहते थे
कायनात के ज़र्रे

ख़ुदा और मेरे बीच में जो भी है
उसका इज़हार मुमकिन नहीं है
मैं इस भेद का एक ज़र्रा भी ज़ाहिर करूं
तो मुझे लोग दीवाना कहने लगेंगे
अगर अर्श को इससे कुछ आगही हो
तो बेसाख़्ता वो लरज़ने लगे
और अगर एक भी लफ़्ज़
सूरज के कानों में डालूँ
तो फ़िलफ़ौर हरकत से माज़ूर हो कर
नई सुब्ह को सांस लेने के क़ाबिल न होगा

तीन तरह के इश्क़ हैं साहिब
एक जलाने वाला
उसके बाद है दूजा
जिसका नाम जिलाने वाला
इसके बाद जो होता है
कहलाये बनाने वाला
तीन तरह के इश्क़ हैं साहिब
तीन तरह के इश्क़

क़यामत के दिन
अंबिया जलवागर होंगे जब नूर के मिम्बरों पर
उन्हें लोग देखेंगे
और देखते ही रहेंगे
क़यामत के दिन
औलिया जलवागर होंगे जब नूर की कुर्सियों पर
उन्हें लोग देखेंगे
और देखते ही रहेंगे
क़यामत के दिन
बुलहसन जलवागर होगा
तेरी ही वहदत पे तकिया लगाए
कि जो देखना चाहे बस तुझको देखे

भेज अपने मलक-उल-मौत को मेरी जानिब
क़ब्ज़ करने को मिरी रूह
उसे भेज ज़रा
वो भी देखे तो मुझे
मैं भी तो देखूं उसको
दो जनाज़ो को उठायें
मिरे ख़रक़ान के लोग
और ख़ुश हों
मलक-उल-मौत को पहचान के लोग

•

अबुलहसन नहीं जाता तिरी विलायत में
वहाँ पे ख़ौफ़ उसे ज़िल्लतो-ज़वाल का है
वो दूर-दूर ही बेहतर है
उस विलायत से
जहाँ पे मक्र है
और मक्र भी कमाल का है

•

ज़मीं के नीचे तो जिस्म सारे
फ़ना का गर्दो-ग़ुबार बन कर
पिघल उड़ेंगे कहीं न होंगे
ज़मीं के नीचे अबुलहसन को
अजीब नश्वो-नुमा मिलेगी

•

सुल्तान बा-यज़ीद ये कहते थे बारहा :
"ग़म को संभाल रखिए
ये नेमत अज़ीम है
गो उस्तख़्वां शिकन है ये अंदोह दोस्तो
सुन लीजिये ये मज़हरे-लुत्फ़े-अमीम है"
ग़म ही वो रहनुमा है जो ले जायेगा हमें
दरिया-ए-इज़्तराब के उस पार
वस्ल तक
उस ख़ैमा-गाहे नाज़ में
कुर्बत की अस्ल तक

•

पहन रहे हो अगर सूफ़ियों का ख़िर्क़ा तुम
तो एक बात मिरी दिल की तह में रख लेना
अगर हो सूफ़ी
तो ख़िर्क़े से बे-नियाज़ हो तुम
अगर नहीं हो
तो ख़िर्क़े से कुछ नहीं होगा

अबुलहसन से किसी ने ये ख़्वाब में पूछा
विसाल पाये उन्हें तीन दिन ही गुज़रे थे
"ज़रा बताइये हमको, हिसाब ठीक रहा
वो बाज़पुर्स की साअत बख़ैर गुज़री है?"
"मिरा वो दफ़्तरे-आमाल हाथ में देकर
कहा गया कि पढ़ो अपने कारनामे भी
हुज़ूर, मैं तो हूँ उम्मी
पढ़ा लिखा नहीं हूँ
ये कातिबाने-अमल मुझको ख़्वांदा लगते हैं
इन्हीं की मश्क़ का दफ़्तर है ये पुलिंदा भी
सो आप उनसे ही कहिए
कि ये पढ़ें इसको
मैं इतनी देर में दीदारे-यार करता हूँ
और उसके साथ ही
कर लूँ कुछ और दुख-सुख भी
वो बाज़पुर्स की साअत
बस इस तरह गुज़री"

तमाम उम्र मिरी
मेरा एक सजदा है

अबुलहसन से किसी एहले-दिल ने पूछा था
कि इज़्ने-शैख़ अता हो
तो सालिकों के लिए
ख़ुदा के नाम पे बुनियादे-ख़ानक़ाह रखूँ
ख़ुदा के बंदों को उसकी तरफ़ बुलाऊँ मैं
अबुलहसन ने जवाबन जो बात फ़र्माई
बजा है इसको अगर आबे-ज़र से हम लिक्खें
कहा ये शैख़ ने : "ये काम खेल-कूद नहीं
ख़ुदा के नाम पे बुनियाद हो तो बात भी है
ख़ुद अपने नाम पे बुनियाद हो तो फिर उससे
हज़ार मरतबा बेहतर है कोई बुतख़ाना"

चखता हूँ
और ग़ायब हूँ
सुनता हूँ
और ग़ायब हूँ
बोलता हूँ
और ग़ायब हूँ

●

मुझे कहा गया :
"मैं तुम हूँ और तुम मैं हो"
कहा ये मैंने :
"नहीं, आप मेरे मालिक हैं
मैं एक बंदा-ए-आजिज़
ग़ुलाम आपका हूँ"

●

किसी ने मुझे
एक मिट्टी की ढेरी की सूरत में
यकजा किया
फिर चली इक हवा
ज़ोर वाली, मुसलसल हवा
जिसने फैला दी मिट्टी मिरी
दो जहाँ में
ज़मीन आसमाँ मुझसे लबरेज़ हैं
और मैं बेनिशां हूँ

सरे-अर्श पहुंचा तो क्या देखता हूँ
फ़रिश्तों के लश्कर चले आ रहे हैं
वो फ़ख़रिया कहते हैं हम नूरी पैकर हैं
ख़ाकी नहीं हैं
हमें क़ुर्ब हासिल है
हम दूर होते नहीं हैं
ब-सद नाज़ कहते हैं वो, हम तो मासूम हैं
मैं कुछ देर चुपचाप सुनता हूँ
फिर हाथ सीने पे रख कर ये कहता हूँ
मैं अल्लाह वाला हूँ
तो झेंप जाते हैं वो
बोल पाते नहीं
जिस क़दर भी मशाइख़ वहाँ जमअ हैं
मुस्कराते हैं मेरे इस अंदाज़ पर
मेरे एज़ाज़ पर

"इलाही
ये रंजो-अलम जान ले लेगा मेरी "
"नहीं, मेरे बंदे
ये रंजो-अलम ही तिरे जानो-दिल हैं "

ख़ुदा की कोई चीज़ थी मौजज़न
मेरी हस्ती में
मस्ती में मैंने ख़ुदा से कहा :
"अगर मुझको देना है कुछ तो नया हो
न यूँ हो के पहले किसी को अता हो
कि मैं झूठा खाने का आदी नहीं हूँ"

कांटों वाली झाड़ी अच्छी
जिसके नीचे
यादे-ख़ुदा की लज़्ज़त हो
काँटों वाली झाड़ी अच्छी
जन्नत की उस तूबा से
जिसके नीचे
यादे-ख़ुदा से ग़फ़लत हो

मैंने एक पत्थर से
इक सफ़ेद पत्थर से
एक मसअला पूछा
उस सफ़ेद पत्थर ने
मुझ पे मेहरबानी की
कुछ हज़ार नुक्तों पर
उसने लब-कुशाई की
ख़ैर हो ख़ुदाई की

किसी के हाथ से रोटी का एक टुकड़ा भी
अगर क़ुबूल करूं मैं
तो जान लीजियेगा
वो शख़्स,रू-ए-ज़मीं पर जो चलता फिरता है
वो एहले-क़ुर्ब मलाइक से
आज
अफ़ज़ल है

लोग रोज़े रखते हैं
लोग नफ़्ल पढ़ते हैं
इस उमीद पर के वो मंज़िलों पे जा पहुँचें
मैं ख़ुद अपना रोज़ा हूँ
ख़ुद ही मैं नवाफ़िल हूँ
मैं ख़ुद अपनी मंज़िल हूँ

हमें जाँ ब-लब ज़िंदा रहना है
मैं पिछले चालीस बरसों से
यूँ जी रहा हूँ
कि जैसे मिरी जाँ
मिले दांतों और मेरे होंटों में
अटकी हुई है
यही ज़िंदगी है

•

ख़ुदा ने मुझे इक सफ़र पर रवाना किया था
बियाँबाँ भी गुज़रे
पहाड़ और दर्रे भी गुज़रे
कई नद्दियाँ और चश्मे भी गुज़रे
उमीदें भी गुज़रीं
मुरादें भी गुज़रीं
मिरे पाँव की उंगलियाँ झड़ गईं
मेरे नाख़ुन झड़े
बाल भी झड़ गए
मैंने पहचाना ख़ुद को कि काफ़िर हूँ मैं
अपनी पहचान पर शुक्र करते हुए
गिड़गिड़ा कर बहुत मैंने ये इल्तिजा की :
"ख़ुदाया
मुसलमाँ समझती है मख़लूक़ मुझको
मैं काफ़िर हूँ
मुझको मुसलमाँ बना दे
मुझे अपने दफ़्तर में लिख ले"

•

समुंदर की मछली बनो
ताके तुम लज़्ज़ते-इश्क़ चक्खो
समुंदर की वुसअत
भी लज़्ज़त है
और इसमें रहना भी लज़्ज़त है
तुम लज़्ज़ते-इश्क़ चक्खो

•

अबुलहसन से किसी ने ये एक रोज़ कहा :
"हुज़ूर, कुछ तो अता हो
कि चाहने वाले
चमकते मोतियों जैसे सुख़न के तालिब हैं "
अबुलहसन ने निगाहें झुका के फ़र्माया :
"यहाँ, जहाँ मैं खड़ा हूँ
नहीं मजाले-सुख़न
कि बारगाहे-मुहब्बत में सब इज़ाफ़ी है
चमकते मोतियों जैसे सुख़न भी मिट्टी है"

•

एक बूढ़ा मुझे मिलने आया
अपने हाथों में कोई दफ़्तरे-पारीना लिये :
"मैं तो हर बात किया करता हूँ इस दफ़्तर से
तुम भला कौन से दफ़्तर से सनद रखते हो?"
मैंने उस शख़्स को बतलाया :
"मिरे दफ़्तर में
न ये अल्फ़ाज़ो-मआनी हैं
न औराक़, न सतरें
न ये ख़त
मेरे दफ़्तर में मेरा दिल है फ़क़त"

ख़ास्सों से भी कह नहीं सकता
बात बहुत है पर्दे की
आमों से भी कह नहीं सकता
भांडा फोड़ न दें
ख़ुद से भी मैं कह नहीं सकता
इस नापाक ज़ुबाँ से
बात बहुत है पर्दे की

अगर तुम अहले-दावा हो
तो मानी की शहादत तुमसे मांगेगे
अगर तुम अहले-मानी हो
तो ख़ुद अपनी शहादत हो
जहाँ सैले-मआनी हो
वहाँ बातें नहीं होतीं

◉

ख़ुदा ने मुझे मरकज़े-लुत्फ़ो इकराम रक्खा
बहुत ही नवाज़ा मुझे
जब फ़रिश्तों को ग़ैरत का कांटा चुभा
तो ख़ुदा ने मुझे उनसे ओझल किया
लौहे हस्ती से मेरा निशां तक मिटाया
मुझे ख़ास अपना बनाया
अगर मेरा अहदे-ग़ुलामी पे ईमां न होता
तो इन कातिबाने-अमल के लिए भी
ये मुमकिन नहीं था
मुझे देख पाते

◉

बीस बरसों से
मैं आसमानी कफ़न ओढ़े फिरता हूँ
उसके गरेबान से सर निकाले हुए
बात करता हूँ, तसबीह करता हूँ
खाता हूँ, पीता हूँ
रोता हूँ, हंसता हूँ
हर लम्हे रहता हूँ
इस आसमानी कफ़न को संभाले हुए

अगर ज़िंदगी भर में इक बार भी
तुमने आज़ुरदा हक़ को किया है
तो फिर उम्र भर
उसके कुफ़्फ़ारे में आहो-ज़ारी करो
बात जुर्मो-सज़ा की नहीं
बात ये है
कि उस जैसे मालिक को आज़ुरदा करना
फ़क़ीरों को ज़ेबा नहीं है

दो जग हैं ये नैया जैसे
मैं हूँ खैवनहारा
ऐसी नैया खैना जोखम
जोखम ऐसी नैया खैना
लेकिन मुझको सौखा लागे
नैया मुझमें
मैं नैया में
जैसे खेल तमाशा
दो जग हैं ये नैया जैसे
मैं हूँ खैवनहारा

ख़ुदा ने कहा :
"बुलहसन-रू-ए ज़ेबा तिरा
मैं उसी को दिखाउंगा
जो देखने के सज़ावार होगा
ये चेहरा कोई आम चेहरा नहीं है
कि हर शख़्स इसे देख सकने के लायक़ हो
दुनिया में देखेगा इसको वही
जिसकी क़िस्मत में
जन्नत में भी उसका दीदार होगा"

गै़ब से दोनों बादल आये
एक था सब्ज़ और एक सफ़ेद
चांदी जैसे अब्र से बरसी
बरकत वाली बारिश
वलियों को जब याद किया
सब्ज़ घटा से नूर का तूफ़ाँ
मशरिक़ मग़रिब जल-थल
अल्लाह को जब याद किया

मैं जब बारगाहे-इलाही में पहुँचा
तो मैंने वहा अपने दिल को बुलाया
वहां अक़्ल को भी पुकारा
और ईमान को भी सदा दी
वहाँ नफ़्स को भी बुलाया
मिरे नफ़्स ने राहे-इख़्लास पकड़ी
और इख़्लास ने साथ हुस्ने-अमल के मिलाया
और इस तरह जा पहुंचा हक़ तक
वहाँ ऐसी मंज़िल भी गुज़री
जहाँ मेरे हाथों से मेरे निशां मिट गए थे
वहाँ मेरे तोहफ़ों की वुक़अत बहुत थी
सभी अहले-हाजत को इनकी ज़रूरत बहुत थी

ज़ुबां जब मुहब्बत के नश्शे में खोली
मैं तौहीद के गीत गाने लगा
ज़िक्र करने लगा
मैंने देखा के सात आसमाँ
और ज़मीं
रोज़ो-शब घूमते हैं मिरे गिर्द
पल भर भी रुकते नहीं
और कोई दूसरा
मेरे इस राज़ से बा-ख़बर भी नहीं है

●

मासिवा अल्लाह से मावरा
ख़ुद को आवाज़ दी मैंने :"ऐ बुलहसन"
एक आवाज़ गूंजी ज़मीनो-ज़मां में
कि लब्बैक ऐ बुलहसन
हक़ की आवाज़ थी, मैंने पहचान ली
अब ख़लाइक़ से मेरे अलाइक़ नहीं थे
सो मैंने ब-सद शौक़ एहरामे-हक़ बांध कर
उसकी वहदत के चक्कर लिये
बैते-मामूर भी मैंने देखा
फ़रिश्ते मिरे सामने महवे-तमजीद थे
काबा पाकी बयां कर रहा था मिरी
हर तरफ़ नूर ही नूर था
जिसमें हक़ था
मैं जब नूर के आस्ताने पे पहुँचा
तो मुझमें मेरा नाम बाक़ी नहीं था
कोई मुझमें मेरा निशाँ तक नहीं था

●

मुझे रहमे-मादर में जलना पड़ा
राख होना पड़ा
और ज़मीं पर उतर कर पिघलना पड़ा
जब मैं बालिग़ हुआ
तो ये देखा के ये मरहले
पहले वाले मराहिल से भी सख़्त हैं

मैं दो साल से
रात दिन एक ही धुन में रहता था
उसमें मगन था
बस इक दिन अचानक घड़ी भर लगी आंख मेरी
वो दो साल का लुत्फ़ ग़ारत हुआ
ज़ौक़ जाता रहा
सब इकारत हुआ
जाने कैसे समझते हो तुम लोग
ये रास्ता सहल है !

अवाइल में मैं ये समझता रहा था
के दोशे-बशर पर जो बारे-गिरां है
अमानत का है
बोझ ऐसा है
जिसकी गिरां बारी के सामने
अर्शे-आज़म सुबक-सार है
जब मैं आगे बढ़ा तो ये उक़दा खुला
ये अमानत नहीं है
ख़ुदाई का बारे-गिरां है
तशक्कुर का बारे-गिरां है

•

चार सौ एहले ग़ुर्बत हैं
मुझको बताया गया
मैंने सोचा
कि ये लोग कैसे हैं
इनके फ़ज़ाइल हैं क्या ?
सोचते-सोचते में समुंदर में उतरा
जहाँ रक़्से-अनवार बरपा था
उस नूर में
मैने देखा
कि ये लोग वो हैं
ख़ुदा के सिवा जिनका दोनो जहाँ में
कोई वाली वारिस नहीं है

•

ये ख़ुदा-शनासी का रास्ता अनोखा है
इसके मरहले लाखों
और इन मराहिल के बाहमी तफ़ावुत भी
मुद्दतों नहीं खुलते
रोज़ ऐसा लगता है
कुफ़्र से निकल कर हम
साया-ए-नबूवत में
आज आ के बैठे हैं
हक़ ही रास्ता खोले
सालिकों के बातिन पर

ज़मीनो-ज़मां के ख़ज़ाइन
मिरे सामने ला के रक्खे गए थे
ख़ुदा की क़सम
उनमें इतनी कशिश भी नहीं थी
कि मैं उनकी जानिब
उचटती नज़र डाल लेता
मैं क़ुर्बान अपने ख़ुदा के
कि जिसने कहा :
"बुलहसन
न दुनिया है शायां तिरे
और न उक़बा
मैं ख़ुद ही हूँ दोनों जहानों में तेरे लिए"

जैसे सांप निकल जाता है
केंचुली से
आसानी से
इसी तरह से अक्सर मैं भी
अपने आप के अंदर बाहर
आता जाता रहता हूँ
आसानी से

मैंने उसकी हस्ती पर
एक ही नज़र डाली
मुझ पे खुल गया मेरा नीस्ती का उक़दा भी
मेरी नीस्ती मुझ पर
रंज बन के तारी थी
ग़मज़दा था दिल मेरा
मुझसे हक़ ने फ़र्माया :
"अपनी हस्ती को देखो
अपनी हस्ती को मानो
और अपने होने की इस तरह गवाही दो
जैसे मेरे होने की
सब गवाही देते हैं"
मैंने ये कहा :
"मुझसे शिर्क तो नहीं होगा"

अगर मैं गधे की सवारी पे
शहरे-निशापुर जाऊँ
और उस मर्कज़े-इल्मो-तदरीस में
एक भी लफ़्ज़ कह दूँ कोई बातिनी राज़ का
तो फिर ता-क़यामत
वहाँ कोई आलिम
कभी ख़ुतबा देने पे क़ादिर न होगा

मैं अपने आप से तंग आ गया
चाहा के ख़ुद को ग़र्क़ कर डालूं
मगर पानी भी मेरा साथ देने पर न था राज़ी
ये सोचा आग में जल जाऊँ
मुश्ते-ख़ाक मेरी राख हो जाए
मगर ईंधन ने मेरा साथ देने से बग़ावत की
तो फिर मैं चार माह तक
कुछ न खाता था, न पीता था
मगर फिर भी रहा ज़िंदा
बिल-आख़िर मैंने चौखट आजिज़ी की थाम ली
दिन-रात ज़ारी की
कुशाइश हो गयी मुझको
और अब मैं जिस जगह पर हूँ
सिफ़त उसकी
बयाँ करना भी चाहूँ तो नहीं होती

किसी ने मुझसे पूछा है
दवा इस दर्द की क्या है
तो सुन लीजे
ये वो दर्दे-मुबारक है
कि ये अपनी दवा ख़ुद है
शिफ़ा ख़ुद है

⦿

आफ़रीं आसमानो-ज़मीं पर
कि हैं कितने साबित क़दम राहे-हक़ में
ज़रा इन पहाड़ों को भी देखिये
इस्तक़ामत के पैकर बने
पाँव गाड़े खड़े हैं
सरे-मू भी हिलते नहीं हैं
अगर आदमी
आसमानो-ज़मीं
और पहाड़ों से पीछे रहे
तो उसे आदमी कहना बनता नहीं

⦿

ख़ुदा ने कई साल आज़ाद रक्खा मुझे
क़ैदो-बंदे ख़िरद से
मगर उन दिनों भी मुझे लोग
एहले-ख़िरद ही समझते रहे
कहते थे ये चश्मा ए दानिशो-मारिफ़त है
ख़ुदा ही ने डाली थी ये बात
सबके दिलों में
सो अक्सर मुझे
कारे-हक़ पर तअज्जुब ही होता है
मैं उसकी हिकमत पे हैरान होता हूँ
नादान हूँ

○

मैं इक रोज़ मस्जिद में
फ़र्ज़ों की नीयत किये
हर्फ़े-तकबीर होंटों पे बस लाने वाला ही था
कि अचानक मैं क्या देखता हूँ
कि जन्नत मिरे सामने है
बनी संवरी जन्नत
जिसे साथ लाया था दारोग़ा रिज़वाँ
जहन्नम भी दहका हुआ सामने था
जिसे साथ लाया था दारोग़ा मालिक
मैं तकबीर कह कर अदा-ए-फ़राइज़ में
पूरी तवज्जा से शाग़िल हुआ
मेरी बीनाई क़ायम थी
लेकिन न जन्नत थी पेशे-नज़र
और न दोज़ख़ ही था सामने
कोई रिज़वाँ नहीं था
न था कोई मालिक
वहाँ सिर्फ़ मैं था
और इक मेरा ख़ालिक़

○

ख़ुदा से मेरी सुल्ह ऐसी है
जिसमें कभी कोई इमकाँ नहीं जंग का
नफ़्से-अम्मारा से जंग ऐसी है मेरी
कि जिसमें कभी कोई इमकाँ नहीं है सुल्ह का

●

ख़ुदा से कहा मैंने :
"मुझसे भी बढ़कर
तिरा कोई आशिक़ अगर है
तो मुझको दिखा दे "
वो आशिक़ था
और ऐसा आशिक़
कि मैं उसके आगे खड़ा
काँपता था
मिरे दोस्तो
इश्क़ का मारका
इतना आसाँ नहीं
इश्क़ का सिलसिला
इतना अर्ज़ाँ नहीं

●

मुझे याद आता है
एक बार मैं सीधा लेटा हुआ था
मिरे मुँह में कुछ क़तरे गिरने लगे
गोशा-ए-अर्श से
क्या हलावत थी उनकी
मुझे याद आता है
हर क़तरा गिरता था जब मेरे मुँह में
तो उसकी हलावत
मुझे और मिरे दिल को सरमस्त करती थी
वो मस्ती बाक़ी है अब तक
वही मेरा साक़ी है अब तक

मुझे ख़्वाब में
एक दिन ये दिखाया गया
बा-यज़ीद और ओवैस और मैं
तीनों लिपटे हुए हैं कफ़न में
कफ़न एक ही था हमारा
बहुत उजला, ताज़ा कफ़न था

क़यामत को जब मुस्तफ़ा
ऐसे लोगों को लाएँगे
जैसा कोई और गुज़रा न होगा
तो हक़ उनसे फ़र्माएगा :
"मरहबा, आफ़रीं आप पर
आफ़रीं ऐसे लोगों पे
ये सारे हैं आपके
इन सभी में से
इक बुलहसन को अलग कीजिए
इसलिए के वो मेरा है
मेरा है ये बुलहसन
मेरा और सिर्फ़ मेरा

●

हक़ ने मुझसे फ़र्माया :
"जो भी तेरे चश्मे से
जो भी तेरी नद्दी से
पानी का इक घूंट पियेगा
उसकी बख़शिश
फ़र्ज़ है मुझ पर
जन्नत उस पर वाजिब है"

●

मैं ऐसा नहीं हूँ
कि मैं कल क़यामत के दिन
अपने अहले-इरादत की बख़शिश के बारे में
सर गश्ता फिरता रहूँ
मैं ऐसा हूँ, सब जानते हैं
क़यामत के दिन
मेरे अहले इरादत के सिदक़े मुहब्बत के सदक़े में
लाखों, करोड़ों की बख़शिश के परवाने आयें

⚫

कभी मैं बुलहवस उसका
कभी वो बुलहवस मेरा
कभी मैं उसका तालिब हूँ
कभी वो मेरा तालिब है
कभी मैं उसका आशिक़ हूँ
कभी वो मेरा आशिक़ है
कभी मैं बुलहवस उसका
कभी वो बुलहवस मेरा

⚫

बहुत से लोग कहते हैं
कि जन्नत में मिलेगी अहले-इमाँ को
तिरे दीदार की नैमत
बहुत से लोग कहते हैं
कि ऐसा हो नहीं सकता
कहाँ इंसाँ
कहाँ दीदार की दौलत
मुझे, मुझ बुलहवस को
नक़्द की आदत रही है
और मैं इस मसअले में भी
इसी मामूल का क़ायल हूँ
यानी नक़्द
इस दुनिया में
रोज़ाना

●

इलाही
वो मुहम्मद मुस्तफ़ा थे
जो मुझे तेरी तरफ़ लाये
और उसके बाद
मैं तेरी तरफ़ लाया जहानों को
ज़मीनों, आसमानों को

●

अल्लाह सांई
हश्र के दिन तो
हर झगड़े का फ़ैसला होगा
बात अटल है
सारे झगड़े
सारे झेड़े
हो जाएँगे ख़त्म लेकिन एक है झेड़ा ऐसा
जो नहीं होगा फ़ैसल
उस दिन भी ये ख़त्म न होगा
मेरा तेरा झेड़ा

जान दी थी मुझे जिस हस्ती ने
मैं उसी को ही ये लौटाउंगा
मैं अमानत में ख़यानत का रवादार नहीं
मलक-उल-मौत को मत भेजना मेरी जानिब

मैंने अस्सी जनाज़े पढ़े
एक दुनिया का
इक अहले-दुनिया का
इक नफ़्स का
एक था आख़िरत का
और इक ज़ोहदो-ताअत का
बाक़ी पिच्छत्तर की तफ़सील
कैसे बताउँ तुम्हें
कुछ समझ में नहीं आ रहा

ख़ुदा का कोई बंदा ऐसा भी है
इस ज़मीं पर
कि उस शख़्स के मानने वाले दिल में
उमडता है अनवारे-वहदत का तूफ़ाँ
अगर दो जहाँ उसकी मौजों से गुज़रें
तो उनका वही हाल हो
जैसे चिड़िया का टूटा हुआ कोई बेचारा पर
होंकती आग में
राख होता है
बचता नहीं है

मर्दाने-ख़ुदा हमेशा होंगे
मुमकिन ही नहीं कि एक लम्हा
ख़ाली कभी इनसे दहर होगा
ख़ाली कभी कोई शहर होगा
मर्दाने-ख़ुदा हमेशा होंगे

•

मैंने अपनी उम्र को देखा
और फिर अपनी ता`अत को
सत्तर साल लगे हैं मुझको
सा`अत से भी कम
मैंने अपनी उम्र को देखा
और फिर अपनी ग़फ़लत को
एक घड़ी भी लगी है मुझको
उम्रे-नूह से बढ़कर

•

जवांमर्द ने सामने फैले जंगल को देखा
जो हद्दे-नज़र तक था फैला हुआ
जवांमर्द ने दिल ही दिल में कहा :
"मैं भला इसमें कैसे समाऊँगा
इसमें भला कैसे आऊँगा"
ये कह के वापस हुआ

हक़ से बातें कीजे
हक़ से बातें सुनिये
बात यही है करने की
बात यही है सुनने की

लोग कहते हैं जब
हमने उस्ताद से ये सुना है
तो हैरान होता हूँ मैं बे-निहायत
मिरा कोई उस्ताद रू-ए-ज़मीं पर नहीं है
मगर जान लीजे
नहीं हूँ मैं मुस्तग़नी उस्ताद से
मेरा ख़ालिक़ है उस्ताद मेरा
मशायख़ हैं जितने भी
उनका बहुत मर्तबा है मिरे दिल में
उनसे इरादत बहुत है मुझे

कोई अहले-दिल
अपनी मंज़िल के बारे में
कुछ भी बताता नहीं है
वो जिस मरहले में है
उसकी ख़बर कुछ सुनाता नहीं है
बताये भी कुछ तो
भला कौन समझे
वो मंज़िल से कुछ ज़ीने नीचे उतर कर
बताता है लोगों को बातें
कि उनकी समझ में भी आयें
वो कुछ फ़ायदा भी उठायें

कमाले-इल्म यही है कि इल्म वाले को
हमेशा अपनी जहालत का ऐतराफ़ रहे
ये ऐतराफ़ भी रस्मी न हो
हक़ीक़ी हो
और उसपे सब्त हों
तसदीक़े-क़ल्ब की मोहरें

वो दिल जो बीमारे-ख़ुदा है
क़िस्मत वाला दिल है
सबसे अच्छी
उसकी दवा है
उसकी दवा दीदारे-ख़ुदा है

ऐहले-इमाँ के हुस्ने-ताअत से
भर गए हैं जहान जितने थे
है ज़ख़ीरा इबादतों का बहुत
हर्फ़े-इनकार एक आशिक़ का
ताअते-दो जहाँ पे भारी है
ज़ोहदे-कौनो-मकाँ पे भारी है

इल्म का एक रंगे-ज़ाहिर है
और ज़ाहिर का एक ज़ाहिर है
इल्म का एक रंगे-बातिन है
और बातिन का एक बातिन है
रंगे-ज़ाहिर है आलिमों वाला
ज़ाहिरे-ज़ाहिरी है आबिद का
रंगे-बातिन है सूफ़ियों वाला
बातिने-बातिनी है आशिक़ का

किसी गोशे में जा बैठो
करो चेहरा मिरी जानिब
मुझे दिल में बसा देखो
मिरे दिल में ख़ुदा देखो

अली दहक़ान कहते थे
ख़्याले-द कोई गाहे
हमारे दिल में आता है
हम उसको कोई अहमीयत नहीं देते
मगर अंदेशा-ए-फ़ासिद
हलाकत साथ लाता है
ख़ुदा के रास्ते से वो
हमें भटका के ले जाता है
दो बरसों की दूरी पर
सियाही फेर देता है
वो औराक़े-हुज़ूरी पर

एक आशिक़ ख़ुदा का है ऐसा यहाँ
ज़िक्र हक़ जब करे वो
तो शेरों का पित्ता भी हो जाये पानी
समुंदर की तह में उछलती हुई मछलियाँ
जिस जगह हैं
वहीं की वहीं ठंडी पड़ जायें सारी
चमक उट्ठें ये आसमानो-ज़मीं
और फ़रिश्तों के पर भी चमकने लगें
ज़िक्रे-हक़ उसका सुन कर
ज़मीं कांप उट्ठे
कि जैसे कोई ज़लज़ला हो

•

हज़ारों मंज़िलें राहे-ख़ुदा की हैं
जो पहली पहली मंज़िल है
वह है कशफ़ो-करामत की
वहीं रुक जाओगे ऐ मुख़्तसर हिम्मत
तो बाक़ी मंज़िलों पर कौन पहुँचेगा

•

मिरे इश्क़ का एक ज़र्रा
ज़मीं पर उतारा गया
आलमे-ग़ैब से
उसने जा सूंघे सीने
सभी आशिक़ों के
कोई महरमे-राज़ उनमें नहीं था
जिधर से वो आया था
वापस गया वो

•

अबुलहसन से किसी ने ये बात पूछा थी :
"कुछ अपने दिल का बताएँ हमें
वो कैसा है? "
अबुलहसन ने कहा :
"मेरे इल्म में तो नहीं
मुझे ख़बर ही नहीं है
कि उसका हाल है क्या
के अब तो चार दहाके हुए कि हम हैं जुदा
अलग हुए नहीं दोनों
अलग किए गए हैं
न उसको मेरी ख़बर है
न मुझको उसका पता"

•

कई बार माँ
अपने बच्चे से कहती है :
"मिट्ठू, तिरी माँ मरे"
वो कहती यही है
मगर चाहती ये नहीं
और सब देखते हैं
कि मिट्ठू की माँ
ऐसी बातों से मरती नहीं है

कोई सूफ़ी
किसी दोशीज़ा लड़की से
किसी वीरान घर में
रात भर जी भर के बातें भी करे
तो ऐन-मुमकिन है
के दोनों सुबह को पाकीज़ा ही निकलें
मगर मस्जिद में
मुल्ला की मअय्यत में
ये मुश्किल है

ये रस्ता सरापा बला-ओ-ख़तर है
यहाँ ज़हर है दस जगह पर
और आगे कहीं
ग्यारहवें ख़ाने में
एहतमामे-शक्कर है

ख़ुदा
मक्रे-इबलीस से सबको महफ़ूज़ रक्खे
कहीं उससे ग़फ़लत में
मारे न जाना
कि वो सात सौ दर्जे आगे
उलूमो-मआरिफ़ पे करता है बातें
बहुत गहरी हैं उसकी घातें

काबा-ए-मुअज़्ज़म है
क़िबला अहले-ईमाँ का
बैते-क़ुद्स क़िबला है
पहली उम्मतों वाला
क़िबला-ए-मलाइक भी
आसमाँ पे क़ायम है
क़िबला-ए-दुआ गोयाँ
अर्शे-रब्बे-अकबर है
क़िबला-ए-जवांमर्दां
ज़ाते-पाके-मौला है

ये सीधी सादी बात भी
समझ में आ नहीं सकी
तमाम उम्र कट गई
मुशाहिदे-हिजाब में
मुकाशिफ़े-हिजाब में
कमाल भी हिजाब है
विसाल भी हिजाब है
अब इंतिहा-ए-उम्र में
समझ में बात आ गई

"ख़ुदा को कहां तुमने पाया"
"जहाँ मैंने ख़ुद को न पाया"

•

जिसे हक़्क़ो-बातिल का खटका लगा हो
उसे वासिलों में न गिनिये
वो बेचारा दिल
क़ैद ही से अभी तक न छूटा

•

बहुत से लोग
सरगश्ता हैं क़ैदे जुर्मो-इसयाँ में
बहुत से लोग
पाबस्ता हैं ज़ंजीरे-इताअत में
कोई ऐसा भी हो उनमें
के जो वारस्ता ख़ातिर हो
जहाँ इसयाँ नहीं होगा
जहाँ ताअत नहीं होगी
वहाँ मेरा ख़ुदा होगा

इमाम वो है
जो सब रास्तों से वाक़िफ़ हो
तमाम राहों पे जो आता जाता रहता हो
हर एक शख़्स कहाँ इस लक़ब के लायक़ है
वही इमाम है
जो अफ़ज़लुल ख़लाइक़ है

सूफ़ी ऐसा दिन है
जिसको सूरज भी दरकार नहीं है
सूफ़ी ऐसी रात है
जो हर हाल में रौशन है
चांद सितारे हों, न हों
फ़र्क़ नहीं कुछ पड़ता
सूफ़ी ऐसी नीसती है
जो हस्ती की मोहताज नहीं

●

आग लगी है अंदर बाहर
डूब रहा हूँ दरिया में
कैसे बैठूँ
क्यूंकर बैठूँ
बैठ नहीं मैं सकता
अंदर बाहर आग लगी है
दरिया में मैं डूब रहा हूँ

●

शबो-रोज़ रहती है ख़लक़त
तलाशे-ख़ुदा में
सभी लोग कहते हैं
हम ढूंढते ख़ुदा को
ख़ुदा जाने इनमें से किस शख़्स को
ख़ुद ख़ुदा ढूंढता है

ख़ुदा अपने वलियों के दिल में
इमारत बनाता है अनवार की
और उस पर इमारत नई
और उस पर इमारत नई
इमारात का सिलसिला चलता रहता है
उस आस्ताँ तक
जो अनवार का नूर है
जो ख़ुदा है

कौन दरवेश है ?
जिसके दिल में न हो कोई अंदेशा बाक़ी
वो बिन बात के बोलता हो
बसारत का मोहताज वो देखने में न हो
बात सुनने में हरगिज़
समाअत की मिन्नत उठाता न हो
कुछ भी हरकत न हो उसमें
और बेसुकूँ हो
ग़मो-रंजो-शादी से आज़ाद हो
वह ख़ुदा याद हो
कौन दरवेश है ?

मुहर लगा लो होंटों पर
और हक़ के सिवा कुछ मत बोलो
मुहर लगा लो दिल पर भी
और हक़ के सिवा कुछ मत सोचो
मुहर लगा लो सारे बदन पर
कुछ न करो तुम हक़ के सिवा
और मुहर लगाना मत भूलो तुम
कामो-दहन
कुछ भी न खाना हक़ के सिवा

ख़ुदा के लिए जो अमल हो
वो इख़्लास है
और जो ग़ैरे-ख़ुदा के लिए हो
रिया है
रिया सख़्त मोहलिक बला है

कठिन काम की एक हैबत तो फ़ितरी है
और सबको महसूस होती भी है
दूर से वो कठिन काम
लगता है जैसे बबरशेर हो
उससे डरता है इन्साँ
मगर जी कड़ा करके, जैसे भी हो
एक बार उसकी गर्दन पकड़ लो
तो वो शेर तुमको
किसी लोमड़ी से भी कमतर लगेगा

बुज़ुर्गों का फ़रमान है
कोई आलिम
ग़ुरूरे-फ़ज़ीलत में जकड़ा हुआ
बरतरी के तशन्नुज में अकड़ा हुआ
देख लो तुम
तो बस फ़ातिहा पढ़ लो
और ख़ैर की उससे कोई तवक़्क़ो न रक्खो

जन्नत का जो रस्ता है
नज़दीक बहुत है
एक है रस्ता बेहद लंबा
उसकी मंज़िल दूर बहुत है
वो है अल्लाह वाला रस्ता

ख़ुदा से तअल्लुक़ बना लीजे
ये वाक़फ़ीयत बहुत काम आएगी
दोनो जहाँ में
किसी अजनबी देस जाएँ अगर हम
और उस देस में
कोई रहता हो वाक़िफ़ हमारा
तो हम उस तअल्लुक़ की बुनियाद पर
मुतमइन हो के जाते हैं
और अजनबी देस भी
हमको लगता है जैसे वतन हो

तुम अपनी नीस्ती इस आस्ताने पर
अगर क़ुर्बान कर दोगे
तो वो जानाने-हस्ती
तुमको ज़ेरे-साया ले लेगा
वो साया, साया-ए-हस्ती
सरो-सरमाया-ए-हस्ती

"ये ज़ादे-सफ़र अपने कांधे पे रक्खे
कहाँ जा रहे हो ?"
"हिजाज़े-मुक़द्दस "
"वहाँ क्या करोगे ?"
"तलाशे-ख़ुदा दिल का मक़सूद है"
"हक़ तआला तुम्हारा निगेहबां रहे
ये मुबारक सफ़र सहलो-आसां रहे
क्या ख़ुदा-ए-ख़ुरासां
ख़ुरासानो-अहले-ख़ुरासान को छोड़ कर
अब गुदाज़े-मुक़द्दस में रहने लगा है ?"

•

दीनो-ईमान के बाद
सबसे बड़ी नैमतें हैं
ये पाकीज़ा दिल
और ये सच्ची ज़बाँ

•

मुरीद कोई नहीं है मेरा
कि मैंने यहाँ
कभी दुकाने-इरादत नहीं लगाई है
न इद्दा-ए-तरीक़त किया कभी मैंने
अगर है दावा मुझे कोई तो बस इतना है
ख़ुदा ही काफ़ी है मुझको
ख़ुदा ही काफ़ी है

⊙

तुम उस शख़्स की इज़्ज़त करना
उसकी हुर्मत रखना
उससे हमेशा सोहबत रखना
जिसकी आँखें ठीक हों दोनों
लेकिन वो नाबीना हो
जिसकी ज़बाँ हो ठीक
मगर वो गूंगा हो
कान भी दोनों ठीक हों जिसके
लेकिन वो बहरा हो
तुम उस शख़्स से सोहबत रखना

⊙

हक़ तआला ने जब सबकी क़िस्मत लिखी
सबको हिस्से दिये
रंजो-अंदोह सब
आशिक़ों को मिला
रंजो-अंदोह की गठरियाँ बांधते
सारे उश्शाक़ ख़ुश थे
कि जो उनके हिस्से में आया है
सब कुछ वही है

ख़ुदावंद के बहरे-एहसान का एक क़तरा
अगर मुझको मिल जाए तो
मैं कभी दो जहाँ में
किसी शख़्स का
कोई एहसां उठाने की ज़िल्लत न लूँ
मैं किसी की तरफ़
आँख उठा कर न देखूँ
न बातें सुनूं मैं किसी की
न बातें करूं मैं किसी से
मैं ममनूने-हक़ ही रहूंगा
मैं जब तक जियूँगा

नमाज़ो-रोज़ा की अज़मत में इख़्तिलाफ़ नहीं
न कुछ कलाम है इनकी किसी फ़ज़ीलत में
ग़ुरूरो-हिर्सो-हसद को निकालना दिल से
वो फ़र्ज़े-ऐन है जो इनसे बढ़ के मुश्किल है
दिलों को पाक ही रखिये कि इन सराओं में
निगाहे-लुत्फ़े-ख़ुदा के चराग़ जलते हैं

●

ख़ुदा को याद करना सख़्त मुश्किल है
उसे इक बार
दिल से याद करना भी करामत है
हमें उसके मुक़ाबिल
नेज़ा-ओ-शमशीर के ज़ख़्मों को सह लेना
बहुत आसान लगता है
हम अक्सर अहले-ग़फ़लत हैं

●

दीदार हक़ीक़त में
ये है के सिवा उसके
जिस सम्त भी देखें हम
कुछ भी न नज़र आये

अगर कहीं कलाम है
तो जान लीजिए कि फिर
मुशाहिदा ज़रूर है

वही महरूम है
जिस शख़्स के क़ल्बो-नज़र ने
ज़िंदगी भर में
ख़ुदा की मीठी बातों की
हलावत ही नहीं चखी

•

ये बेबाकों का रस्ता है
ये दीवानों का रस्ता है
ये सरमस्तों का रस्ता है
ख़ुदा-ए-पाक का रस्ता है
ख़ुदा के साथ बेबाकी
ख़ुद के साथ मजनूँपन
ख़ुदा के साथ सरमस्ती
बहुत पुरलुत्फ़ रहती है
कोई घाटा नहीं इसमें
मुनाफ़ा बख़्श सौदा है

•

बात न करना
जब तक हक़ को सुनने वाला
देख न लेना
बात न सुनना
जब तक हक़ को बोलने वाला
देख न लेना

तुममें है मौजूद सभी कुछ
जो कुछ कौनो-मकाँ में है
बस तुम उसको देखो तो
बस तुम उसको जानो तो
बस तुम उसको मानो तो

ये पहला क़दम है कि तुम ये
कहो
बस ख़ुदा है
और उसके सिवा कुछ नहीं
उससे अगला क़दम आग ही आग है
उससे अगला क़दम राख होने की मंज़िल

●

ज़रूरी है हम रात को सोयें
आराम पायें
ज़रूरी है हम दिन के खायें-पियें
और घूमें फिरें
कौन सा वक़्त होगा
कि हम अपनी मंज़िल का सोचेंगे
और किस घड़ी हम सफ़र का इरादा करेंगें

●

अगर आसमानों से रूहुलक़ुदुस भी
तुम्हारी विलायत की तसदीक़ कर दें
तमाम अंबिया उसकी ताईद कर दें
तो फिर भी
मिरी जान
तुम अपने नफ़्स और शैतान के मक्र से
एक लम्हा भी ग़ाफ़िल न रहना
मिरा फ़र्ज था बात दो टूक कहना

वहाँ आलमे-ग़ैब में
एक समुंदर है बिफरा हुवा
तैरते रहते हैं उसमें तिनके करोड़ों
वो तिनके हैं ईमां हमारे
वहां दौड़ते हैं हवाओं के घोड़े
वहां चलते रहते हैं मुंहज़ोर तूफ़ाँ
वहां बनती रहती हैं मौजें
पहाड़ों से उँची
वो तिनके, वो ईमाँ हमारे
कभी इस किनारे
कभी उस किनारे

अगर कोई तुमसे ये पूछे
कि फ़ानी को क़ुदरत कहाँ है
कि बाक़ी को देखे
तो कहना कि इस ख़ाकदाँ में
तो फ़ानी को बस इतनी क़ुदरत मिली है
कि वो नूरे-बाक़ी को पहचान पाये
मगर कल क़यामत को
फ़ानी भी
दरिया-ए-अनवार की मौज होगा

बुलहसन से किसी बज़्म में
इस्मे-आज़म के बारे में पूछा गया
बुलहसन ने कहा :
"इस्मे-आज़म फ़ना है
अगर ख़ुद पे वारिद करो तुम फ़ना को
तो फिर जो भी निकलेगा मुंह से तुम्हारे
वही इस्मे-आज़म है
इसमें कोई शक नहीं "

ऐ काश
ये सारा रू-ए-ज़मीं
मर्दाने-ख़ुदा से भर जाता
मर्दाने-ख़ुदा भी आम नहीं
बस्तामी जैसे होते

●

जुनैद होश में आये थे
होश ही में गये
हमारे शिबली-ए-सरमस्त
मस्त आए, गए
मगर अजीब है
दोनों ही जैसे आये न थे
जुनैद को भी नहीं याद बात दुनिया की
दिमाग़-शिबली भी ख़ाली है नक़्शे दुनिया से

●

तवक्कुल का पूछा गया
तो कहा बुलहसन ने
कि शेर,अज़दहा,आग, बिछौना
ये सब एक हों
इनमें कुछ फ़र्क़ न लगता हो
तो जानो कि गोया
हुदूदे-तवक्कुल में हो तुम

◉

और अब चार अशरे हुए
मैंने अपने लिए कुछ पकाया नहीं
कोई मेहमान आये तो उसके लिए
जो भी पकता है
मैं उसके सदक़े में
उसमें से दो लुक़्मे लेता हूँ
और सोचता हूँ
कि मैं दो जहाँ को भी मेहमान की नज़्र कर दूं तो कम है

◉

ख़ुदा के रस्ते में
हमको हज़ार ख़तरे हैं
मगर ये तीन तो सबसे ज़ियादा मोहलिक हैं
हुजूमे-ख़ल्क़
फ़रावा-ए-ज़रो-ज़ेवर
और उसके बाद
नमूदो-नुमाइशो-शोहरत

●

ख़ुदा से कहा बुलहसन ने :
"मैं ये चाहता हूँ
कि दुनिया ही में, अपनी आँखों से
अपनी हक़ीक़त को देखूं"
ख़ुदा ने मेरी चश्मे-बातिन पे मेरी हक़ीक़त जो खोली
तो बे-साख़्ता रो पड़ा मैं
वो इक काला, बोसीदा, मैला सा कपड़े का टुकड़ा था
वो चीथड़ा, बुलहसन था
"ख़ुदाया
अगर मैं यही चीथड़ा हूँ
तो ये ज़ोक़ो-शौक़
और ये सोज़े- दुरूं चीज़ क्या है
ये ज़िक्रो-मुनाजात क्या है
ये आंसू हैं किसके
ये ज़ारी है क्या
मेरी क़िस्मत में
बस अब यही शर्मसारी है क्या
और ये भी बता दो
कि मख़लूक़ के दिल मिरी सम्त क्यूँ फेरते हो "
ख़ुदा ने कहा :
"बुलहसन, बात ये है
तुम्हारी हक़ीक़त वही है
जो देखी है तुमने
रहीं बाक़ी चीज़ें
वो मैं हूँ, मिरा नूर है"
कोई काश मेरा ये दिल चीर देता
जो मशकीज़ा-ए-ख़ून है
और दिखाता सभी को
कि जचती नहीं है
ख़ुदा दोस्ती और पैकर परस्ती

अगर आपने मेरी बातें सुनीं
और समझा
कि मैंने ख़ुदा ही की तौसीफ़ की है हमेशा
तो फिर आप दोनों जहाँ में सरअफ़राज़ होंगे
अगर आपने मेरी बातें सुनीं
और समझा
कि मैंने ख़ुद अपनी ही तौसीफ़ की है हमेशा
तो फिर आप दोनों जहानों में
ज़िल्लत उठाएंगे
रुस्वा रहेंगे

अभी तक तो ऐसा कोई शख़्स
मेरी नज़र से न गुज़रा
जो आया हो इस मेरी मस्जिद में
और मुझसे कमतर हो
मुझसे तो बेहतर ही होता है
हर आने वाला
ख़ुदा और बेहतर करे

किसी गीत गाते हुए शख़्स का मुद्दआ
गर रज़ा-ए-ख़ुदा है
तो बेहतर है वो ऐसे क़ारी से
जिसकी तिलावत का मक़सूद
ग़ैरे-ख़ुदा है

एक शब
बुलहसन के दिले-ज़ार ने
इस तरह अल्लाह अल्लाह कहा था
कि ख़ुद बुलहसन
अपने कानों से
ता देर सुनता रहा

•

खुदाया
मैं लोगों को जब तेरी बातें बताता हूँ
रहमत की
वुसअत की
फ़ज़्लो-करम की
तो इनमें से बेचारे अक्सर
तज़बज़ुब में रहते हैं
बस आलमे- बेयक़ीनी में सुनते हैं
इनको दिखा अपनी रहमत
अता कर इन्हें अपनी वुसअत
वो ख़ुद देख लें तेरा फ़ज़्लो-करम
और मेरी तरह औरों कहते रहें

•

कोई देख पाया नहीं बुलहसन को
मगर सिर्फ़ इक अहले-दिल था
के जिसने उसे देखा
जाना उसे
वो अहले-नज़र शेख़े-बस्ताम था
बायज़ीदे-मुबारक

०

अगर साल भर तुम
किसी आम से शख़्स के दर पे ठहरे रहोगे
तो आख़िर को वो पूछ ही लेगा
क्या बात है
क्यूँ खड़े हो
चले आओ अंदर
दरे-हक़ तआला पे इतना तो ठहरो
अगर कोई तुमको न पूछे, बुलाए
तो मैं होउंगा मुजरिम तुम्हारा
तुम्हें हक़ पहुँचता है
मेरा गरेबां पकड़ कर
मुझे रास्तों में घसीटो

०

कहा मैंने :
"मैं साठ बरसों से तेरा गिरफ़्तार हूँ
मैं तवल्लुद से अब तक
तिरी चश्मे-लुत्फ़ो-करम ही का बीमार हूँ"
मुझसे हक़ ने कहा :
"मैंने तख़लीक़े-आदम से भी पेशतर
दोस्ती के लिए चुन लिया था तुम्हें
अब कहो
किसकी चाहत का दौरानिया
किससे ज़्यादा हुआ?"

अगर बात है मारिफ़त की
तो फिर सात सौ बाब हैं मारिफ़त के
और आगे भी हैं
सात सौ फ़स्लें हर बाब की
ये बाब और फ़स्लें बयाने-हक़ाइक़ में
इक दूसरे से बहुत मुख़्तलिफ़ हैं
के जैसे हर इक फ़स्ल का
मर्कज़ी इल्म ही मुख़्तलिफ़ हो

ये अच्छा है
तुम हक़ तआला की ख़ातिर
हमेशा रहो कारगाहे-अमल में
और इससे कई दर्जे बेहतर
ये मंज़िल है
जब हक़ तआला हमेशा रहे
ख़ुद तुम्हारे लिए कारगाहे-अमल में

हैं कुछ लोग जो जुब्बा-बरदोश हैं
इल्म वाले हैं वो
और हमेशा पहुंचते हैं
खलक़त को उनसे फ़वाइद
हैं कुछ लोग सज्जादा-बरदोश भी
वो दरवेश हैं
बा-सफ़ा लोग हैं
अहले-दुनिया के हक़ में
सरापा दुआ लोग हैं
हैं कुछ लोग औज़ार-बरदोश भी
अपने हाथों की मेहनत पे
ईमान रखते हैं वो
ये मुजाहिद हैं
लोगों के काम आने वाले
ख़ुदा की मुहब्बत का महवर यही हैं

हम सब दुनिया वालों को है
लाहिक़ एक ही बीमारी
एक ही होगा इसका मदावा
एक ही होगा दरमाँ इसका
ग़फ़लत की बीमारी है
इसकी दवा बेदारी है

मैं इक दिन यहाँ
अपनी मस्जिद में बैठा हुआ था
लगाए हुए टेक दीवार से
मैंने देखा
कि मेहराब में रौशनी हो गयी
मैंने देखा
के दो नूर हैं जलवागर क़ौसे-मेहराब में
एक था नूरे-रू-ए-ख़ुदा
दूसरा
नूरे-रू-ए-हबीबे-ख़ुदा था

आती है कई घरों से पैहम
पुरदर्द सदा-ए-रंजो-मातम
आती है कई घरों से अक्सर
आवाज़े-दफ़ो सुरूदे मुतरिब
मैंने भी लगाए कान दिल पर
चाहा के सुनूँ ख़रोशे-बातिन
आवाज़ न थी कोई ख़ुशी की
था गिर्या-ओ-नाल-ए-दमादम

●

मुरीद कौन है
जिसकी न कोई ख़्वाहिश हो
रज़ा ए शेख़ से हटकर
न मुद्दआ हो कोई
न उसके पेशे-नज़र
और दूसरा हो कोई

●

अबुलहसन ने किसी शख़्स से सवाल किया :
"है तजरबा कोई तुमको भी ज़हर खाने का"
कहा जवाब में उसने :
"नहीं नहीं, मुझको
कभी न ज़हर के खाने का इत्तिफ़ाक़ हुआ
जो ज़हर खाता है
वो ज़िंदा कैसे रहता है"
कहा ये शैख़ ने :
"इस दौरे-बदशिआरी में
हलाल रिज़्क़ कमाना ही ज़हरे-क़ातिल है
हलाल नानो-नमक ज़हर हो गये गोया
ख़ुदा का शुक्र
कि हम ज़हर ही के तालिब हैं"

ख़ुदा ने मुझे मुझसे बाहर निकाला
और उस दिन से
जन्नत है सरगश्ता मेरी तलब में
जहन्नम मिरे ख़ौफ़ से कांपता है
ये दोनों अगर मेरी मंज़िल से गुज़रें
तो बस आन की आन में
दोनों रिज़्क़े-फ़ना हों
कोई फिर सहीफ़ों में भी
उनका नामो-निशाँ तक न पाए
कोई उनकी सदियों से मक़बूल
रंगीनी-ए-दास्ताँ तक न पाए

इलाही
अगर सारी दुनिया में
बेचारी मख़लूक़ पर
मुझसे बढ़कर कोई मेहरबाँ है
तो मैं अपनी हस्ती पे नादिम हूँ
रु-ए-ज़मीं पर
मुझे बोझ बनना गवारा नहीं है

रक़्स तो वो करे
दम जो उसका भरे
पाये कोबी उसी को सज़ावार है
जिससे तहतुस्सरा तक भी पिन्हाँ नहीं
वज्द में हाथ उठाना है ज़ेबा उसे
पाया-ए-अर्श भी
जिस के दस्ते-दुआ की रसाई में है
रक़्स ऐसा नहीं है अगर
वज्द ऐसा नहीं है अगर
फिर कभी
बायज़ीद और जुनैद और शिबली का दिल मत दुखा
इनको रुसवा न कर
बस ख़ुदारा न कर

हक़ीक़त के मकतब में
सारे मआरिफ़
परे-काह से भी सुबुक हैं
के मच्छर के पर से
पहाड़ों की पैमाइशों के इरादे
कहाँ तक बजा हैं

बिलाल बलख़ी गये शैख़ बायज़ीद के पास कहा :
"फ़रिश्ते तुम्हारी गली में
शैतां को
बुरी तरह से ज़दो-कूब करते हैं"
अबायज़ीद ने फ़र्माया :
"आह, बेचारा
वो मेरे कूचे में क्यूँ चोर बन के आता है
ख़ुदा करे
के वो बच निकले उनके हाथों से
ख़ुदा करे
कि फ़रिश्ते उसे न देख सकें

ख़ुदाया
मिरी ख़ानक़ह में
किसी भी मुसाफ़िर को मरने न देना
ये ग़म मुझसे बर्दाश्त होना है मुश्किल
ये ऐलान सुन कर में कैसे जियूंगा
कि ऐ अहले-ईमान
कुछ देर में
हुजरा-ए-बुलहसन से
किसी मर्दे-मिस्कीं
ग़रीबुलवतन का जनाज़ा उठेगा

•

ख़ुदा की नज़र में जवां मर्द है जो
उसे लोग बच्चा समझते हैं
वो अहले-दुनिया के नज़दीक अहमक़ है
दुनिया में रहने के आदाब से बे-ख़बर है
जिसे दुनिया वाले जवां मर्द कहते हैं
वो दफ़्तरे-हक़ तआला में
नामर्द लिक्खा हुआ है

•

ख़ुदा के रास्ते गिनती की हद से बाहर हैं
मैं जिस भी राह पे निकला हूँ
मैंने देखा है
हज़ारों लोग हैं उस रास्ते पे महवे-सफ़र
सफ़र का लुत्फ़ अकेले में मुझको आता है
चुनांचे मैंने ख़ुदा से ये इल्तिजा की थी
कि मुझपे ख़ास इनायत हो
मुझ अकेले को
दिखा वो राह के जिस पर गुज़र किसी का न हो
मैं तेरे इश्क़ में उस रास्ते पे चलता रहूँ
कि जिस पे मेरे अलावा कोई न चलता हो
सो उसने चुन के दिया है ये रास्ता मुझको
ये राह, राहे-अलम है
रहे-अज़ीय्यत है

पैमाने-अलस्त भी अजब है
सुन लीजिए वाक़या ग़ज़ब है

पैग़ाम तो एक ही मिला था
हर शख़्स ने मुख़्तलिफ़ सुना था

अल्फ़ाज़ नहीं, मआनी बदले
कुछ यूँ के सभी कहानी बदले

कुछ ने ये सुना था क्या नहीं हूँ
तुम लोगों का मैं ख़ुदा नहीं हूँ ?

कुछ ने ये सुना सवाल रब का
महबूब नहीं हूँ क्या मैं सबका?

कुछ ने ये सुना पयामे-माबूद
जुज़ मेरे है और कोई मौजूद?

अल-क़िस्सा सभी ने बात सुन कर
इक हर्फ़े-बला कहा था चुनकर

हर शख़्स ने जो कलाम समझा
इख़लास से वो पयाम समझा

दुनिया में उसी पे है वो दायम
ता-मर्ग रहेगा उस पे क़ायम

कुछ लोग जो हैं कमाल ज़ाहिद
कहते हैं उसे ख़ुदा-ए-वाहिद

कुछ जिनको है दर्दे-इश्क़ मरग़ूब
है बारी-तआला उनका महबूब

कुछ अहले हक़ाइक़ो-मआरिफ़
मशहूर है जिनका उर्फ़ आरिफ़

वो लोग ब-सिद्क़े सादो-महमूद
कहते हैं उसे अकेला मौजूद

हैं सारे ये लोग रास्ती पर
हम भी रहें इनसे आशती पर

◉

बस इक तहारते-क़ल्बी पे है मदारे-उरूज
वफ़ूरे-इश्क़ पे सारा है इनहिसारे-उरूज

न मुद्दआ हैं इबादात और न कसरते-ख़ल्क़
दिलों के नूर से होता है ऐतबारे-उरूज

मिरी नज़र में तो कुछ भी नहीं है, कुछ भी नहीं
न इब्तिला-ए-ज़वाल और न इफ़्तिख़ारे-उरूज

मुझे विसाल के मरकज़ में भी क़रार नहीं
मिरे उरूज को रहता है इंतज़ारे-उरूज

उरूजे-क़ुर्ब पे क़ादिर हूँ अपने ख़िर्क़े में
अता हुआ है मुझे ऐसा इख़्तियारे-उरूज

मैं अपनी छाँव का सामान साथ रखता हूँ
है दश्ते-रूह में सरसब्ज़ शाख़सारे-उरूज

ये मेरे हाथ के ढाले हुए खिलौने हैं
ये बर्ग रेज़े-ज़वाल और ये बहारे-उरूज

www.ingramcontent.com/pod-product-compliance
Lightning Source LLC
LaVergne TN
LVHW100334181026
850499LV00039B/1076
9789386619389